AF601216

INVENTAIRE
Y2 53/13

ZOÉ LA VANITEUSE

PAR LORENTZ FRŒLICH

TEXTE

PAR UN PAPA

BIBLIOTHÈQUE
DU MAGASIN D'ÉDUCATION ET DE RÉCRÉATION
J. HETZEL, 18, RUE JACOB
PARIS

ZOÉ
LA VANITEUSE

ZOÉ
LA VANITEUSE

ZOÉ LA VANITEUSE

PAR

LORENTZ FRŒLICH

TEXTE

PAR UN PAPA

BIBLIOTHÈQUE
DU MAGASIN D'ÉDUCATION ET DE RÉCRÉATION
J. HETZEL, 18, RUE JACOB
PARIS

1868

STRASBOURG, TYPOGRAPHIE DE G. SILBERMANN.

ZOÉ VA SORTIR.

Mademoiselle Zoé se trouve parfaite ; tout ce qu'elle fait est bien fait ; tout ce qui appartient à Mademoiselle Zoé est admirable. Mademoiselle Zoé met ses gants, des gants très-frais. Certes, aucune petite fille n'a de si beaux gants. Mademoiselle Zoé se prépare à sortir. Il est bon qu'une petite personne comme Mademoiselle Zoé se montre. Elle fera sensation. Ce doit être un événement de la voir.

ZOÉ ET LE MOUTON.

Quand Mademoiselle Zoé passe, il faut que tout se dérange sur son passage. Ce mouton ne s'est guère pressé pour faire place à Mademoiselle Zoé. « Les moutons sont très-bêtes, » dit-elle. — Pas si bêtes, répond le mouton, et surtout pas inutiles comme vous, Mademoiselle la dédaigneuse. De quoi est fait, je vous prie, le caraco dont vous êtes si fière? De ma laine... Mais de vous qu'est-ce qu'on peut faire, Mademoiselle?...

ZOÉ ET LA VACHE.

« Fais-moi place, lourde vache » dit mademoiselle Zoé. — Au lieu d'être impertinente, dit la vache, et de me menacer de ta petite ombrelle que je mettrais en pièces d'un coup de dents, tu ferais mieux de me remercier du bon lait que tu viens de boire et de penser que c'est à moi que tu dois les bons fromages à la crème dont tu es si friande... Qu'est-ce que tu donnes aux autres, toi!!!

ZOÉ ET LES POULES.

« Ne gênez donc pas mon passage, sottes poules, » dit Mademoiselle Zoé. — « Bien sottes, en effet, de donner nos bons œufs frais à une petite personne si peu reconnaissante et si peu utile à son prochain, » répondent les poules en colère.

ZOÉ ET LA CHÈVRE.

« Chèvre barbue, dit Mademoiselle Zoé, votre toilette est bien négligée ; fi ! n'embarrassez pas mon chemin dorénavant. » — « Tu n'étais pas si fière quand tu étais malade, répond la chèvre, et qu'ayant consenti à me laisser affubler d'un harnais, j'ai été assez bonne pour te traîner dans ta petite voiture pendant des mois entiers. Mais toi, à quoi es-tu bonne ? »

ZOÉ ET LE PAON.

« Allez-vous-en, Monsieur le paon, votre queue a beau être belle, elle n'est ni aussi belle ni aussi chère que mon beau cachemire. » — « Ma queue est à moi, Mademoiselle Zoé, et ce cachemire dont vous êtes si fière est à votre tante qui ne serait peut-être pas bien contente de vous le voir trainer dans la poussière et qui ne vous l'a pas prêté pour faire vos embarras. »

ZOÉ ET LA SOURCE.

« Je suis plus jolie que le portrait que tu fais de moi, et plus fraîche, » dit Mademoiselle Zoé à la source. — « Les roses d'à côté sont plus jolies et plus fraîches que toi, répond la source, et elles ne se plaignent pas de moi. Elles savent que je ne suis pas seulement un miroir et que mes eaux servent à autre chose qu'à mirer de sottes vanités.

ZOÉ ET L'ANE.

Mademoiselle Zoé entendant chanter les oiseaux, veut montrer sa belle voix. « Si tu chantes, dit l'âne, je chanterai aussi, mais nous ferions mieux tous deux d'écouter le rossignol et la fauvette. Le concert serait meilleur, si nous ne nous en mêlions pas.

ZOÉ ET LE DINDON.

Mademoiselle Zoé est stupéfaite. Quoi ! elle trouve devant elle un Être vivant qui ne veut pas lui céder le pas ! « Va-t-en bien loin, lui crie-t-elle, affreux dindon. » — « Attends un peu, répond le dindon en se retournant, tu vas voir comme j'obéis à de telles insolences. »

ZOÉ N'EST PAS LA PLUS FORTE.

Et redressant ses plumes et mettant au vent toutes ses voiles, et faisant sa roue formidable, Monsieur le dindon s'avance comme un navire cuirassé et hérissé contre celle qui l'a insulté. — « Je sais mieux me gonfler que toi, dit le dindon à Mademoiselle Zoé ; je suis plus orgueilleux que toi, et plus colère, je suis plus fort aussi, et mon orgueil ne te cédera pas.

ZOÉ ET LE SINGE.

Rentrée chez elle, Mademoiselle Zoé s'étudie à faire de belles révérences comme les belles Madames qui viennent chez sa maman. — « Cela n'est pas difficile à faire, ces simagrées, dit le singe. Je fais les révérences aussi bien que toi. Je suis un singe plus habile à singer que toi.

ZOÉ S'AMÉLIORE.

Zoé avait fait semblant de ne rien entendre, mais elle avait tout compris et elle a réfléchi. Elle ne veut ressembler ni au paon, ni au dindon, ni au singe, et elle demande à sa maman de lui apprendre à perdre sa vanité. — « Je le veux bien, dit la mère, mais il faut pour cela que nous demandions des conseils aux bons livres. — Eh bien ! dit Zoé, je lirai à présent dans tous les livres que tu voudras. » — Dès la première leçon la petite figure de mademoiselle Zoé était déjà beaucoup moins déplaisante.

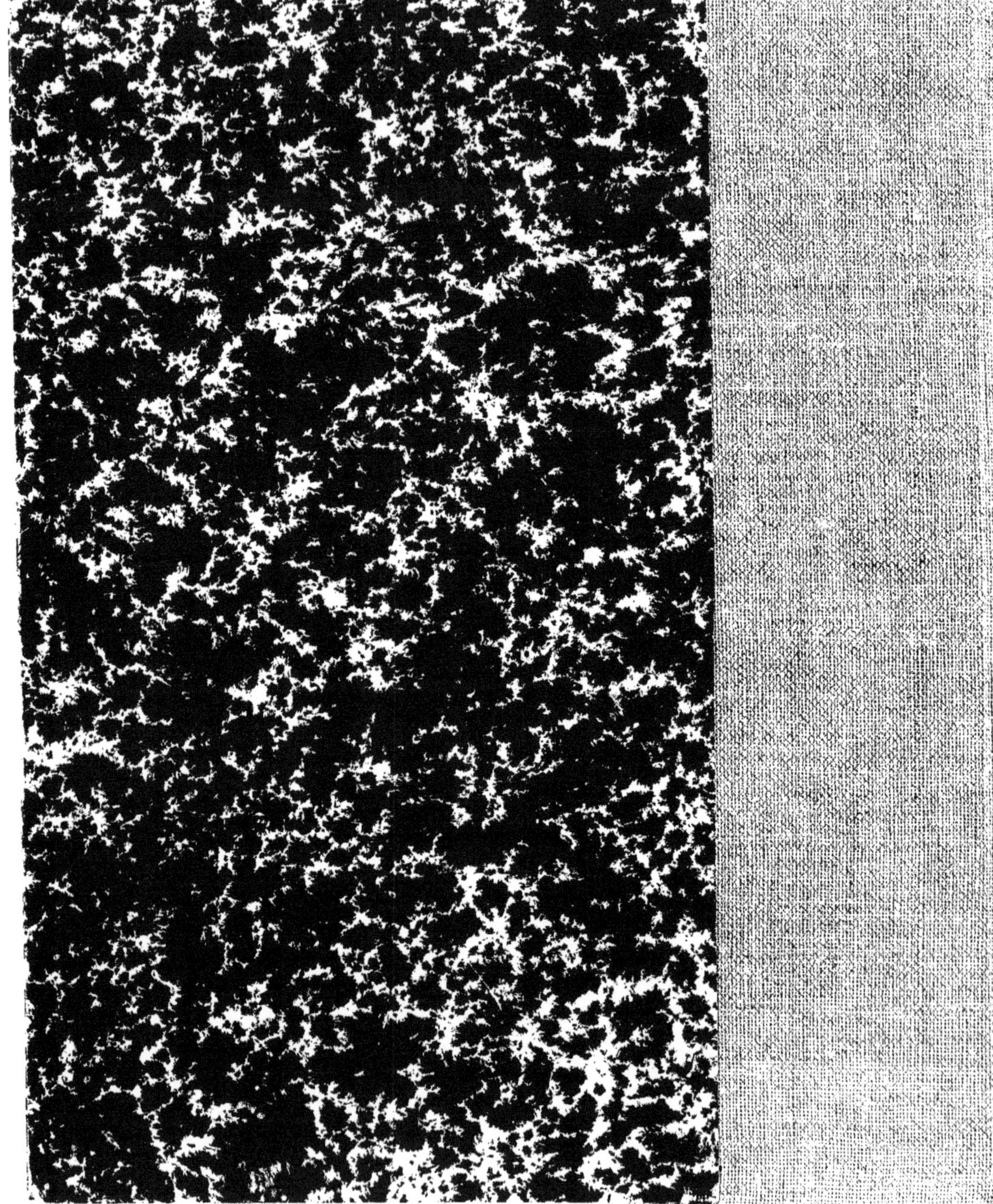

www.ingramcontent.com/pod-product-compliance
Ingram Content Group UK Ltd.
Pitfield, Milton Keynes, MK11 3LW, UK
UKHW022149190726
13855UKWH00004B/1408